KB076085

바람의 백만번째 어금니

바람의 백만번째 어금니

신 용 목 시 집

창비

차 례

제4부 ___

제1부

새들의 페루

새의 둥지에는 지붕이 없다
죽지에 부리를 묻고
폭우를 받아내는 고독, 젖었다 마르는 깃털의 고요가
날개를 키웠으리라 그리고

순간은 운명을 업고 온다
도심 복판,
느닷없이 솟구쳐오르는 검은 봉지를
꽉 물고 놓지 않는
바람의 위턱과 아래턱,
풍치의 자국으로 박힌

공중의 검은 과녁, 중심은 어디에나 열려 있다

둥지를 휘감아도는 회오리
고독이 뿔처럼 여물었으니

하늘을 향한 단 한 번의 일격을 노리는 것

새들이 급소를 찾아 빙빙 돈다

환한 공중의, 캄캄한 숨통을 보여다오! 바람의 어금니
를 지나
그곳을 가격할 수 있다면

일생을 사지 잘린 뿔처럼
나아가는 데 바쳐도 좋아라,
그러니 죽음이여
운명을 방생하라

하늘에 등을 대고 잠드는 짐승, 고독은 하늘이 무덤이
다, 느닷없는 검은 봉지가 공중에 묘혈을 파듯
그곳에 가기 위하여

새는 지붕을 이지 않는다

가을비

흙에다 발을 씻는
구름의 저녁

비

거품처럼 은행잎
땅 위에 핀다

지나온 발자국이 모두 문장이더니
여기서 무성했던 사연을 지우는가

혹은 완성하는가

바람의 뼈를 받은 새들이 불의 새장에서 날개를 펴는
시간

고요가 빚어내는 어둠은 흉상이다

여기서부터 다리를 버리고
발자국 없이 밤을 건너라

희미한 꿈이 새의 날개를 빌려 사연을 잇고

흙투성이 바닥을 뒹구는 몸의 문장은, 채찍을 펼쳐

그 얼굴 때리는 일

허봉수 서울 표류기

그는 철제 뗏목을 타고 있다 먼 고향에서
발원한 한 가닥 지류를 타고
여덟 가닥의 해류가 흐르는 바다로 왔다
수십개의 섬을 나루처럼 돌아
몇번씩 선박을 갈아타고 그러나
그가 여기까지 온 것은
한 척 뗏목을 얻기 위해서가 아니었다 해류는 때로
죽은 물고기떼처럼 부유했으며 어느 목에선
휘고 나뉘어 갈라졌다
그때마다 물결은 철제를 적셔 검은 해초를 키워냈지만
뗏목은 그의 목적이 아니었으므로
소음에 익숙한 노숙자처럼 초연했다
날마다 그는 사방에 솟은 사각의 섬으로
사냥을 떠났다 바다에 와서
말하자면 그는 사냥꾼이 되었다
섬은 층층이 갈라진 틈을 커다랗게 열어
허공을 사각으로 묶고 있었다 그러므로 바다에 와서

그가 배운 것은 암벽타기였다 매일 아침
한 짝씩 슬리퍼 장갑을 끼고
허공의 뼈를 유영하듯 타고 올라 쌍쌍의
검은 물고기떼를 노렸다 욕망을 거울처럼
완벽한 대칭으로 나눠가진 물고기들은
허기의 크기만큼 해초의 유혹에 붙들려왔다
그러나 그가 암벽을 타는 것은
검은 물고기를 노획하기 위해서가 아니었다
검은 물고기들은 아득한
고향의 냄새를 가졌다 언제나 하나인
냄새의 가닥은 그가 열어둔 심연의 통로를 타고
몽롱하게 흘러들었으며 그때마다
그의 몸은 가닥을 셀 수 없는 바다가 되었다
물고기들의 허기는 해초를 감는
몇번의 손놀림으로 다스려졌지만
검은 물고기는 그의 목적이 아니었으므로
얼마 후 사각 섬의 갈라진 틈

속으로 돌려보냈다 냄새를 먹고사는
그에게 검은 물고기떼는
말하자면 냄새를 사육해줄 유일한 어장이었다
다시 물고기들의 닳은 비늘 밖으로 너절한
냄새가 자라나올 때까지
사각 섬의 그늘을 갈아끼우며
그는 철제 뗏목을 타고 있다 여덟 가닥 해류는
끝없이 내달리는 것처럼 보였지만 사실은
고여 썩어가는 바다 어귀를 한 척
뗏목이 쉼없이 흘러다니고 있었다 검은 물고기들은
제 냄새가 피워올린 부피만큼의 크기를 한
물컹한 슬픔을 등 태우고 다녔으며
그의 뗏목에는 그 슬픔의 이름이 검게 쓰여 있다
구두수선 구두닦음

가야금 소리를 들었다

오동은 음계를 지니고 나, 죽어 비로소 소리를 얻는다

먼 도시의 강가 외진 정각에서 가야금 한 소절을 만나
기 위해
고향 우물터 오동나무 밑에서 나는 바람의 우는 소리
를 들었다

달빛이 우물을 짚느라 노독을 얻을 때,

오동나무 밭은 가지가 허공에 흩어놓은 한 점 수묵화
를 보았다

명주실 열두 현에는 몇가닥의 별빛이 묶여 있는가
가야금 소리를 들은 것은 정각이 선 먼 도시의 강가,

바람이 목을 놓고 울음을 풀어준 곳

우물이 발을 풀고 달빛을 놓아준 곳

어둠에 들키다

숲속에 집을 짓던 때도 있었나 집 속에 숲을 만든 공원
에서 어둠 속에 불을 켜던 때도 있었나 불빛 속에 어둠을
모신 화단 앞의 기다림 먼 가등이 제 발을 뻗어 그 끝 연
자귀 붉은 꽃잎 위에 간신히 흔들릴 때 꽃잎의 붉은 볼을
순하게만 더듬는 내 눈을 희번덕, 발광하는 눈동자가 깨
물었다 연한 살 꽃잎도 상처를 품고 피나 불 없이도 빛을
내는 눈동자처럼 상처 곁에 살을 입혀 세운 몸 등진 자리
마다 뭉텅이씩 어둠은 또 어둠끼리 한몸으로 사나 캄캄
한 짐승은 내 안의 어둠까지 불러내며 눈과 눈 사이 간격
을 좁히는데 먼 빛을 가리고 선 나도 연자귀도 어둠의 가
죽, 한몸의 짐승으로 사는 눈동자는 또 얼마나 많나 어둠
속의 당신과 나처럼 어둠의 깃털을 달고 어둠 밖을 바라
보는 캄캄한 맹수들

별

밤의 입천장에 박힌 잔이빨들, 뾰족하다

저 아귀에 물리면 모든 罪가 아름답겠다

독사의 혓바닥처럼 날름거리는, 별의 갈퀴

하얀 독으로 스미는 罪가 나를 씻어주겠다

구름의 장례식

구례 유곡의 거루 없는 나루에 섰다
비 내려 짓무르는 수면

저 흐름 어디쯤 잎 푸른 대나무 만장 하나 세우고 싶다

한 움큼 손으로 뜨면 믿기잖게 사라지는 네 푸른빛, 구
름이 희면 흰 구름은 북으로도 가리라*

물 흐르면 젖은 몸은 선 채로도 강바닥인가 이따금 몸
속에서 조약돌이 구른다

바위를 타 내렸던 물 이끼의 꿈을 꾸고
소나무 피 적셨던 물 솔잎의 꿈을 꾸며

망자의 맥을 짚듯 검푸른 하늘 속으로 발이 빠진다 상
두소리 상두소리 아픈,

강안이 널이라면 산역은 하구의 일

어떠한 흙도 나를 받아주지 않을 것이므로 너에게 젖
어 빈 나루를 떠도는, 바람은 구름의 공동묘지인가 하늘
에 발을 찍으며

검은 우산을 받쳐든 나는 그리움의 하객이었다
상주의 두건 빌린 어린 곡비였다

* 이용악의 시 「아이야 돌다리 위로 가자」 중에서

붉은 얼굴로 국수를 말다

물이 신고 가는 물의 신발과 물위에 찍힌 물의 발자국,
물에 업힌 물과 물에 안긴 물
　물의 바닥인 붉은 포장과 물의 바깥인 포장 아래서

　국수를 만다

허기가 허연 김의 몸을 입고 피어오르는 사발 속에는
빗물의 흰머리인 국숫발,
　젓가락마다 어떤 노동이 매달리는가

이국의 노동자들이 붉은 얼굴로 지구 저편을 기다리는,
궁동의 버스종점

비가 내린다,
목숨의 감옥에서 그리움이 긁어내리는 허공의 손톱자국!
비가 고인다,

궁동의 버스종점
이국의 노동자들이 붉은 얼굴로 지구 이편을 말아먹는,

추억이 허연 면의 가닥으로 감겨오르는 사발 속에는
마음의 흰머리인 빗발들,
젓가락마다 누구의 이름이 건져지는가

국수를 만다

얼굴에 떠오르는 얼굴의 잔상과 얼굴에 남은 얼굴의
그림자, 얼굴에 잠긴 얼굴과 얼굴에 겹쳐지는 얼굴들
얼굴의 바닥인 마음과 얼굴의 바깥인 기억 속에서

유쾌한 노선

유쾌한 박구철 씨는 하늘로 갔다 하늘 가는 길

날마다 새들이 빗금을 쳐 흔적을 지웠다 따라갈 수 없었다

하늘로 오르려고 그들은 뛰어내렸다 옥상에서 창문에서 다리 위에서

오르기 위해 끊임없이 추락했다 몸을 놓고 버렸다

날개가 있었다면 그들은 끝내 하늘로 오르지 못했을 것이다

잠시 높이를 가졌다가 다시 버리는 일

솟구쳐오르기 위해 벗어야 할 하늘의 중력을

수려한 자세로 돌파하는 그들은 제트기

유쾌한 박구철 씨를 하늘로 보냈다 각자의 장지에서

하늘로 보내려고 그들을 묻었다 코를 막고 입을 막고 귀를 막고

보내기 위해 사각에 가두었다 흙을 덮고 다졌다

부력이 있었다면 그들은 끝내 하늘에 닿지 못했을 것이다

먼 하늘을 향해 새싹으로 화하여 솟구치는
관은 우주선 가장 느리고 단단한 비상을 꿈꾸는
무덤은 지상이 만든 가장 견고한 발사대
세상에는 유쾌한 노선이 있다 새들도 하늘로 가기 위해
땅에 떨어졌다 흙에 스몄다 느리게 봄이 왔다

형틀 숭배

이 마을엔 처형을 숭배하는 풍습이 있어 높은 옥탑마
다 형틀을 꽂고 찬양의 공력을 공중에 띄운다

형틀 붉은 형광의 꼬리를 잡아끄는 바람,

십자의 그림자가 깔리는 아침마다 잘린 발소리가 바지
에 검은 때로 올라앉았다
기도의 통성이 젖은 무늬로 땅을 덮는 날들

나는 까치발을 하고 계단을 오르내렸지만
그림자만 이따금 옥탑 아래로 떨어져내렸다, 아무리
못을 박아도 밤은 구멍나질 않았고

형틀에 감기는 바람만 서쪽하늘에 붉은 피로 굳어가는
마을, 어떤 처형으로라도, 오래전 당신이

이곳으로부터 버림받은 이유를 물었던 것처럼

내가 이곳에 버려진 이유를 묻고 싶었다, 재개발 연립 옥상에 널린 빨래가

흰 바짓가랑이를 힘차게 놀리며 바람 속으로 뛰어가고 있었다

돌 던지는 生

돌 하나 집어넣어도
짧게 몸, 열었다
금방 닫는 강물
말 없다── 비명이 갇힌 푸른 멍
(지난겨울 등에 찍힌 도끼자국은
어디에 숨겼는가) 나그네처럼
발목 검게 적시고 선
나루, 사랑했고
사랑하며 사랑할 일들이
던지는 팔매마다 가는 손가락
여린 순으로 돋아
빈 손 저릴 때,
천 번의 천둥 끝에 한 번 핀
강 건너 망초꽃!
흰 넋마저 물수제비에 달고
풍덩, 물속 만대
앉은뱅이로 굴러온;

싹아 돋아라
여기 몽돌들 퍼렇게 자라
강의 입을 찢어라

우우우우

옛 신발들이 낙엽처럼 날아올랐다 우리가 지나온 길은
우리가 버리고 온 길이므로

헐벗은 발목이 허공을 향해 뻗어 있었다 우우우우

꺾인 무릎으로 바람의 페달을 밟으면
덜컹거리며 굴러가는 하늘의 해와 달

새떼가 푸른 소반에 한 점씩 찬으로 떠 가지런한 아침
을 지나

구름이 뭉게 부대에 한 말씩 술을 싣고 기다리는 저녁
을 지나
  잔뿌리 엉킨 머리카락을 땅속 깊이 흔들며

  우우우우 시린 발자국으로 질척이는 바람아 우리가 떨
어뜨린 수만 켤레 신발처럼

너는 엎어진 그림자 먼 끝에서 버려질 것이다 기어이

지구는 꽉 문 머리통을 놓지 않을 것이므로

저녁이 한손아귀 그림자를 구겨 동쪽으로 멀리 던질 때

깡마른 허리춤에서 피 묻은 속옷을 벗어던진다 우우우우
해마다 지푸라기 누런 매끼를 처매는 계절

우리는 모두 머리를 땅에 박고 거꾸로 달렸다

붉새

    함양 상림 떡갈나무숲을 지나며 바람이 머리를 땋는
것을 보았다 누구나 처녀였던 것처럼, 어느 처음엔 한 덩
어리였을 바람 강물이 교각 사이를 지나며 물결을 얻듯
바람은 나무 사이를 지나며 결을 얻는다 서 있는 것들에
찢겨져 얻게 되는 무늬, 오래 거쳐온 것일수록 가늘게 갖
는 결을 나는 늙은 여자의 몸속에서 만났다 붉은 속살이
열어놓은 일몰의 깊이로 뻣뻣한 허기를 세워 밀어넣었다
세월의 조각도가 새기는 어둠마다 나날이 첫 피가 비쳤
으니 훗날, 어느 저녁의 갈피가 나를 탁본해낼 것인가 지
나간 것들이 모른 듯 긋고 간 만큼씩의 상처를 강물이 교
각 둘레에 물이끼를 치듯 서 있는 것들도 제 속에 주름으
로 새기는데 시간의 갈비뼈에 꽂힌 여자여, 먼 함양 상림
이 너절한 치마폭을 펼치는 저녁, 한 그릇 세발 바람을
비벼먹는 어둠의 혓바닥 처음처럼 붉어

틈

바람은 먼곳에서 태어나는 줄 알았다 태풍의 진로를
거스르는 적도의 안개 낀 바다나 계곡의 경사를 단숨에
내리치는 물보라의 폭포

혹은 사막의 천정, 그 적막의 장엄

아랫목에 죽은 당신을 누이고 윗목까지 밀려나 방문
틈에 코를 대고 잔 날 알았다

달 뜬 밤은 감잎 한 장도 박힌 듯 멈춘 수묵의 밤 소지
한 장도 밀어넣지 못할 문틈에서 바람이 살아나고 있었
다 고 고 고 좁은 틈에서 달빛과 살내가 섞이느라 바람을
만들고 있었다

육체의 틈 혹은 마음의 금

그날부터 한길 복판에서 간절한 이름 크게 한번 외쳐
보지도 못한 몸에서도 쿵쿵 바람이 쏟아져나왔다 나와
나 아닌 것 삶과 삶 아닌 것이 섞이느라 명치끝이 가늘게
번져 있었다

중심을 쏘다

　사수가 한쪽 눈을 감는 것은 과녁을 떠나는 그 영혼을
보지 않기 위해서다

　어떤 형벌이 사수의 눈동자 속에
과녁의 동심원을 그렸을까

　한입 어둠을 씹어먹는 허공의 아득한 중심에서

　정확히 자신의 죽음을 겨누어 떨어지는, 빗방울
우산은 방패가 아니었다

　바람 불 때마다 영혼의 부력으로 뒤집히는 중심의 테
두리 그 팽팽한 시간 위에서

　빗물이 명중의 제 몸 잠시 허공에 흩어놓을 때

　한 발의 생이 안개처럼 피어오른다──그리하여 저편

영혼으로 과녁을 치는 무지개,

중심을 산 너머에 숨겼으므로

검은 부리로 날아가는 새가 있다 구름 사이로

누구를 겨누어 저 달은 오늘도, 눈꺼풀 내려 촛점을 잡
는 것일까 한쪽 눈을 감을 때마다 보이는

둥글게 갇힌 자신의 영혼 그리고
영원히 외눈인 해와 달,

사수는 두 개의 과녁을 노리지 않는다

제2부

새들이 지나갔는지 마당이 어지러웠다

1

새들이 지나갔는지 하늘이 어지러웠다──머리칼로는
어쩌지 못했다, 높이가 잃어버린 중력을 햇살로 받쳐놓
은 저곳

날개가 파닥여놓고 간 허공마다 바람이 들어 있었다
머리가 아팠다
(바람을 박기 위해 망치를 때린)

2

사람이 지나갔는지 마당이 어지러웠다──싸리비로는
어쩌지 못했다, 바닥이 잃어버린 부력을 그늘로 눌러놓
은 이곳

걸음이 찍어놓고 간 발자국마다 감잎이 앉아 있었다

어깨가 아팠다
(감잎을 따기 위해 날개를 꺾은)

3

감잎이 바람의 높이만큼 떠올라 날개의 본을 떴다

바람이 감잎의 바닥만큼 내려와 발밑에 진을 쳤다

4

밤에도 새가 난다는 걸 알았을 때 마당 가득 사금파리
를 뿌려놓았다
별빛마다 피가 묻어 있었다

흰빛의 감옥

너희 죄수들, 밤의 철창을 흔든 적 있지
소리는 없고 악을 쓰는 아가리들만 한 두릅 벌려놓았지
너희 죄수들, 낮의 담장을 넘은 적 있지
몸은 없고 삐뚤삐뚤한 발자국만 한 소쿠리 뿌려놓았지

우리는 가네 시간의 복면에 가려 하얗게 피가 어는 형
장으로

허공의 칸
칸
칸마다 작대기를 짚고
내리는
눈, 오래 갇혀 산
囚人처럼
수인이 밤새 쓴
자서처럼

너희 몸속의 흰 뼈가
너희의 철창이라고,
등 밝은 장례식장마다 탈옥의 경축이 소란스럽고
무능한 간수처럼 우는 喪主들

우리는 가네 오래전 피 속에 처박힌 바퀴를 끌고

더 큰 감옥을 일으켜 죽음을 건너가는 저 눈사람

너희, 죄수의 손으로 철창을 흔들고
어둠이 삼킨 소리의 입구에서 악을 쓰는 아가리처럼
너희, 죄수의 다리로 담장을 타넘고
햇빛이 지운 몸의 바닥에서 삐뚤삐뚤한 발자국처럼

그리하여 눈이 내리지 눈 속에서

작대기를 짚고 지나가는 다음 생

젖은 옷을 입고 다녔다

자고 나면 집에 물이 흥건했다 매번 꿈속에서 아버지
를 쏟았다, 차라리 깨질 것이지
　들여다보면 어느새 가득 차 있는 물동이

　물동이를 이고 다닐 수는 없었다 아버지는 집에 있어
야 했다 젖은 옷이 내내 달라붙었다

　나무들은 또 자라 빨래처럼 비를 맞았다 물동이에 대
고 꽉 짜, 아랫목에 널어주고 싶었다 자고 나면

　엎질러진 물동이 차라리 마시고 싶었다 소화되는 아버
지 배설되는 아버지
　돌아서면 웅웅 귓전에 바람소리

　우는 것들은 속이 비어 있다, 파이프를 돌리면 나는
소리

누가 아버지를 잡고 빙빙 돌리는 모양이었다 아버지
아버지 아버지 물동이에 머리를 박고 물어도 대답하지
않았다

왜 한 나무의 잎들은 모두 같은 빛깔이며
왜 한 나무의 가지는 모두 다른 방향인지

자고 나면, 젖은 옷을 입은 집들이 줄지어 어디론가 가
고 있었다

바람은 개를 기르지 않는다

개 혓바닥이 맑게 닦은 개밥그릇에 햇살이 반짝 제 눈을 달아놓는다 한 되들이 개밥그릇

마당을 지나간 바람은 백만 되 다시 백만 되

누가 바람의 등에 개 문신을 새겼을까──너무 많은 눈빛을 어슬렁거리느라 흘려보냈다

개의 내장처럼 찌그러진 개밥그릇

어제는 종일을 잠만 잤고 오늘은 허공을 컹컹 짖는다 오랫동안 구름이 지나가는 바람의 내장처럼

잠잘 때마다 몸이 주리고 짖을 때마다 허공이 환하다

누가 바람의 목에 개목걸이를 채웠을까──너무 많은 걸음을 땅을 파느라 심어버렸다

몸 한쪽을 울 끝에 묶어놓고

햇살을 잘게 빻는 빈 마당으로 서서 사립으로 열린 내
장의 처음과 끝을 바라본다 컹컹

개밥그릇에 반짝이는 허기는 다시 백만 되

개는 바람에 짖지 않지만 바람은 개를 먹이지 않는다
개의 내장에는 바람 문신

바람의 무덤

마른 낙엽과
구긴 종이와
찢은 봉지가

한곳으로 달려가고 있었다 추격자의 창끝처럼 비가
비스듬히 내리꽂혔다

소년이 방죽에서 눈을 팔았구나
한 점씩 붉은 뺨과 맞바꿨구나

구르는 데마다가 낭떠러지 깊이였으니
캄캄한 사방 어딘지도 모르게 쓸려가고

은빛 빗금이 기워내는 어둠에 덧대지는 기차소리

파주에는 이런 비가 내린다

버려진 얼굴이 그 살의 연한 막으로 먼 귀퉁이 가등처
럼 붉어질 때

 취기로 타는 몸들 하나씩의 등불이 되어 환한 허기를
던지러 간다
 달려가는 자의 등에서 저를 마감하는 창끝처럼

 구름의 방향이 세상의 가장 가파른 비탈이므로

 결국 우리는 바라보던 곳을 향하여 쓰러지리라

 방죽은 저녁을 퍼와 강물 위에 붓고
 빗줄기의 귀마다 꿰어지는 기차소리

 마른 낙엽과
 구긴 종이와
 찢은 봉지가

쓸려가는 한곳으로 눈먼 우리는

소년의 등에 꽂혀 방죽을 떠난다

섬진강에 말을 묻다

찔레가시에 찔려도 찔레꽃 한 송이 피지 않는다, 몸은

묵은 장을 가둔 단지처럼
오래 마음을 가두어 강 앞에 서게 한다

흐르지 마라
해가 저문다

석양이 유약을 발라 금빛 강물에 마음을 굽는다

던져진 어둠 한 단에 손을 묶여
뒷걸음질 호송되는 산과 나무들,

멀쩡히 멎은 몸은 금 간 흐름이었다

물 건너 찔레꽃 하얀 꽃잎이 소복처럼 저녁을 다 울어도

목쉰 줄배 한 척 띄우지 못한다

대천항

수평선을 너무 오래 보았다 안구를 베였다

숙소로 오는 동안 눈물이 났다

그러나 이미 늦게 울었다 높고 낮은 섬들이 같은 깊이
에서 발목을 적시고

몇개 노을을 넘겨받은 불빛들이 섬을 겯고 켜지는
대천항에서

비로소 옆구리에 그어진 무수의 수평선들

저 난간을 벼리기 위해 파도가 날을 가는 백사장
방파제로도 막아내지 못한 실연을

갈매기울음 몇잎과 조개 굽는 냄새 속에 불러낸다
시간의 부표를 지나온 물자국처럼

직립의 내 몸을 질러간
수평, 그 엇나간 십자가를 더듬는 포장집 구석에서

탄불에 달아 집어등 몇개 거느리면

일제히 아가미를 달고 달겨드는 얼굴들
뻘건 불길을 헤엄쳐와 텅텅, 피조개 검은 등으로 갈라
지며

묻는다 왜 술잔 속에는 파도가 없는가
바다의 뼈 한잔 미끼로 몸에서 낚아올리는 석양, 밀물
로 번져

흐린 섬들 축축한 바지를 접어걷는데
먼 수평선 십자로 그으며 왜 어선들은 항으로 돌아오
는가

혀의 해안

저녁이 발을 헛디딘 곳 —— 지팡이를 빚으러 가야 하네

물은 왜목의 좁은 해협을 지나며 어촌 불빛에 묽은 뺨
을 건넨다

누가 제 혀를 잘라 서쪽하늘 붉게 기웠는가

섬 산 능선 늦바람에 감기는 고백도 되지 못하고 죽어서
야 입 벌리는 조개들, 무슨 말을 삼키려다 속을 태웠는가

석양에 넘어진 저녁 —— 지팡이를 건네러 가야 하네

겨울 부석사

이 산사 고요를 닦는 풍경소리를 한 숟갈만 떠 당신의 마른 입술에 후후 불어주고 싶었습니다 별빛을 대신하여 서성이던 눈발들이 하늘 가득 사태로 져 어느 모퉁이 불 나간 외등처럼 떨고 있을 때 그을음 돌들이 하늘에 떠서는 마음을 잃고 그대로 먹장의 구름이 되었는데요 하느작하느작 검은 구들을 지고 오는 지게꾼의 걸음이 눈발처럼 조심스러워 어둠은 가만히 당신 시린 이마를 짚고 갑니다 모든 풍경이 한 장 그림자에 가려 캄캄해지는군요 고작에 가닥 없는 그리움이 우리를 예까지 이끈 것처럼 슬몃 갈아덮는 한 막의 공기가 우리를 깎은 난간에 외롭게 합니다 그리하여 벗은 나무마다 매달린 검은 먹의 마음은 어느 시절을 갈아 묽은 가지 끝 당신의 속눈썹 하나 그릴 수 있을는지요 이도저도 아닌 먼 능선을 짊어지고 산은 산대로 추녀는 추녀대로 희미한 앞섶 강물로 지는 것을 풍경소리로만 노를 저어 당신에게 가는 물살은 또 물살대로 가장 먼 곳의 눈발처럼 한 숟갈씩 세월을 떠넘깁니다

51

붉은 솥

어둠의 거푸집을 비집고 나온 붉은 주물들

새벽이다, 가을의 터진 속살에 연못을 건 숲의 아궁이
팔을 저을 때마다 붉은 반죽을 떼며

나무는 말간 물 앞을 서성인다 먹고 싶었을 뿐이야, 허
기 속에서만 그리운

어떤 기다림이 먼 숲까지 거닐어 서늘한 저 솥을 걸었
나요 이 빠진 세월의 둥근 결 위로
거품처럼 떠다니는 잎들,

온 밤 타버린 돌멩이들은 낙엽처럼 흩날리고 만다는
것을

부글거리는 하늘에 꽂힌 나무여 출렁이며, 불길의 연
한 춤을 추는데

어떤 기다림이 예까지 번져와

세월의 반죽을 붉게 하나요 하루 낮을 다 살면 캄캄한
돌덩이로 돌아가고 말
허기를 짚고, 어머니

어느 가지를 꺾어 저 끓는 솥을 저을까요

버드나무 어장

버드나무 잎 속에는 지느러미 잔금 같은 잎맥들이 있어 들머리 버드나무 흰 가지마다 물고기떼가 마을을 달고 헤엄을 쳤다

머리를 치받으며 차르르르 바람의 상류로 거슬러올랐다

여름내 나는 얕은 물가를 첨벙이듯 버드나무 검은 둥치가 찔러놓은 허공의 깊이로 툭툭, 약시의 시선을 엮어 그물을 던졌다

햇살을 뒤집어 물결을 치는 푸른 비늘을 쫓아가면
바람의 발원에 닿을 수 있으리라 거기, 알을 심고 생을 누인다는 물고기처럼 그러나

성긴 어망의 몸 가을 속으로 내렸을 때

버드나무 그늘은 회초리자국 몇으로 빈 투망을 후려치고 있었다 축축한 노을만 가득 담은,

내 수확은 외진 골목마다 서걱이는 울음 몇장을 얻었다 지느러밀 잃고서야 울음주머니 하나 찰 수 있는 개구리처럼

어귀의 수면마다 배 뒤집고 누운 잎사귀들 하나같이 제가 헤엄치던 허공의 깊이를 붉은 눈으로 바라보고 있었다

버드나무 가지 사이, 회초릿소리로 갈라지는 바람 한 떼

명태 아가리

건어물전 한쪽 벽에 걸린 명태들의 고함소리

십육절지 크기의 브라운관이 적시고 있다 삐뚜름, 선
반에 올려진 광장시장의 바다

허공은 고요한 도화지
파리가 그림을 그린다

십육절지 크기로 나는 비린내, 말랐거나 마르고 있거
나 마를 것들이 가진 물기는
지금, 하수구를 지난다

비린내를 얇게 펴서 삼키는 하수구의 아가리

식당 주인도 밥을 먹고
옷집 주인도 옷을 입고

건어물전 주인은 건어물처럼 마른다 바람 만난 푸른
포장이 일제히 치고 가는 밤과 낮

파리는 신성을 기록한다 허공의 상형문자

아가리는 모두 같은 크기 아가리

쿵, 시장에 번지는 심해의 적막
브라운관이 쏟아내는 푸른 파도

건어들이 헤엄친다 더 얇게 더 납작하게 십육절지의
파도 명태 아가리

제3부

바람의 백만번째 어금니

　나는 천년을 묵었다 그러나 여우의 아홉 꼬리도 이무
기의 검은 날개도 달지 못했다
　천년의 혀는 돌이 되었다 그러므로

　塔을 말하는 일은 塔을 세우는 일보다 딱딱하다

　다만 돌 속을 헤엄치는 물고기
　비린 지느러미가 캄캄한 탑신을 돌아 젖은 아가미 치
통처럼 끔뻑일 때

　숨은 별밭을 지나며 바람은 묵은 이빨을 쏟아내린다
잠시 구름을 입었다 벗은 것처럼
　허공의 연못인 塔의 골짜기

　대가 자랐다 바람의 이빨자국이다
　새가 앉았다 바람의 이빨자국이다

천년은 가지 않고 묵는 것이니 옛 명부전 해 비치는 초
석 이마가 물속인 듯 어른거릴 때
　목탁의 둥근 입질로 저무는 저녁을

　한 번의 부름으로 어둡고 싶었으나
　중의 목청은 남지 않았다 염불은 돌의 어장에 뿌려지
는 유일한 사료이므로

　치통 속에는 물을 잃은 물고기가 파닥인다

　허공을 쳐 연못을 판 塔의 골짜기
　나는 바람의 백만번째 어금니에 물려 있다 천년의 꼬
리로 휘어지고 천년의 날개로 무너진다

칼이 있는 잔치

칼이 정곡을 찌르자 붉은 여울이 생겨났다 일생 속으
로만 돌았을 길을,
　남은 박동이 몸밖으로 퍼내고 있다
　주민들의 칼에

　돼지는,
　덩어리진 몸을 풀어놓는다 능선을 넘어온 가죽과 설키
다 만 산나물 풀뿌리와,
　허공에 찔러놓은 비명 한 자루

　칼은 속맛을 안다 그러나 칼이 지나고 나면 모든 속은
겉이 된다 오로지 처음이 마지막인
　그대가 지나간 길

　옹벽 너머, 파헤쳐진 붉은 황토가 여울처럼 부려져 있
다 가장 캄캄한 곳을 택하여
　환하게 지나가는,

아픔은 상처를 두 번 통과하지 않는다 상처가 또 하나
아픈 몸으로 일어서는
거기,

돼지가죽에 찍힌 파란 글씨의 낙인처럼, 새로 뚫는 길
가에
붉은 현수막이 걸려 있다
위태로운 지주대 그 끝에서 펄럭이며

그믐의, 흰 칼이 지나가는 중천으로 대낮이 검은 피를
뿌리며
사지를 풀어놓을 때
대책 없이 날아오르는 공사판의 흙먼지들

돼지는 주민들의 가죽에 담겨 걸어갈 것이고 주민들은
돼지의 가죽처럼 어디론가 흩어질 것이다

바가지에 담겨 허청허청 씻겨지는 칼, 상처를 질러온
자의 뺨이 반짝,

　대낮에 찔려 있다

스타킹

마네킹 다리가 거꾸로 뻗어 있다
멀리 별을 밟았다
발을 든 모양이다

족발은 또 족발끼리 모여
모퉁이처럼 쌓인 풍경 속

다리 잘린 몸통들이 어둠의 거죽을 두르고
뛰어다녔다 그전에,
슬쩍 검은 스타킹을 신겨둔다

그전에 붉은 솥에 푹 고아둔다

두쪽 발굽에 딱딱하게 말라붙은
발자국 한꺼풀씩 벗겨
저자의 거리로 내보낼 수는 없나 내보내
문양으로 새길 수는 없나

밤이 되면
하늘에 박혀 있던 못들
와르르 빠지고,
풍경을 걸었던 자리마다
별이 빛났다

발자국은 그런 것—풍경을
지상에 걸었던 자국

못은 언제 헐거워졌을까?

풍경들이 지나간다 모두
까만 스타킹을 신었다 벗겨보면
빨갛게 삶겨 있었다

짧은 치마를 입은 여자들이

족발을 들었다
껌을 건네며 다가서는 노인의 발,
어디에 썰어놓아도
아무도 발라가지 않는,

껌딱지처럼 떨어지지 않는
별자리 단단한
못자국 앞에서

모두들 말이 없었다 족발들이 수북이
신고 있는 까만 스타킹

권태로운 육체

소래 뻘밭 비스듬한 포장집에서 꽃게를 삶았다

앞치마의 주인네가 엉거주춤 게의 앞뒤를 잘랐다

붉은 살 속에 흰 뼈를 감추고 간 나는
붉은 뼈 속에 흰 살을 숨긴 게를 본다

(그렇게 안방에서 내일 죽을 아이의 눈동자를 보았다)

칠면초 갯내를 만졌던 바람은 내 척추를 찌르지 못해,
빙그르르 포장을 두드리고 간다
가도 낯빛만 붉혔을 뿐

태양을 겨누어 일제히 솟구치는 원주민의 창처럼 서
있는 노을처럼

뼈마디 붉도록 달아본 적이 없다

뒤집어 입은 외투처럼 자족의 美에 취했으므로
　내 몸은 오랫동안 치욕을 사육해왔다, 발버둥을 버린
갑각류의 몸

　마음으로 결박한 영혼의 유배지

　낡은 철교 위를 건듯 쇠 부딪는 소리가 났다 무언가 지
나간 자리는 언제나 상처였으니
　몸에 난 수술자국, 그 위로 기차를 달리고 싶다

　서둘러 협궤의 저녁을 통과하고 싶었다

무너지는 서쪽

어느 삭정이
세월을
뚝뚝 분질러 던져도
바람밭에 타지 않는다
나무가 제 높이를 무너뜨려 피워올린
불꽃처럼, 새는
날개 밑에 층층이 석양을 쌓아올린다
죽은 자의 이름으로 당도해도
죽지 않는 바람, 오늘은
남포에서 조개를 굽는다
딱딱한 껍질이 묵은 허물을 달궈
어둔 속 환하게 열 때
한 장씩 석양을 달고 익어가는 얼굴들
언젠가 제가 걸어나왔을
가마 속을 들여다본다 거기
일어섰다
무너지는

바다, 갈빗대처럼
차례로 밀물지는 파도
활활 타는 저곳에서
이교도의 계명이 쓰인다
눈먼 자만이
날개를 달리라 처음 불 앞에 선 것처럼
가장 환한 곳부터 까맣게 타
서둘러 캄캄해지는 먼눈으로
장님의 걸음만이 바다를 건너리니
죽은 자의 이름으로 당도하는
여기 바람의 화장터,
어디에서 저물어도
밤은 허물밖에 내주지 않는다

야생동물보호구역

도심 공원에서는 벤치에 누운
사람이 야생이고

건너 고깃집 야외식탁을 들러온 바람은
검은 냄새의 문명이다

빈 낙엽 한 장 누더기처럼 내려와
습성처럼 어깨를 덮는

빌딩 숲속서 나온 한 야생이 다른 야생을 깨워 삶은 계
란 하나를 내밀고 캄캄한 동굴 속으로 흰 계란속이 허기
를 몰고 떨어지고 동굴 밖에서 누런 계란껍질이 닭 대신
비둘기를 키워 공원을 사육하는

한 번에 한 개비씩 담배를 빌려가는 손과 얼룩의 세월
이 반질하게 몸에 붙은 외투와 거기 문서처럼 꽂힌 신문
지와 희멀거니 먼 데 걸어놓은 동공과 그러고도 한사코

불은 빌려가지 않는

　빳빳한 머리카락이 푯말처럼
　서 있는

마포, 해궁막회

마포 해궁막회에 신발들이 모여 있다 키 높이 물컹한
슬픔을 등 태우고 온 검은 등뼈들

다라이에 담긴 물고기처럼 출렁이며 제가 지고 온 파
돗소리를 듣고 있다, 마포 해궁막회

막 살아온 것들이 제 속을 갈라 향연하는 궐

파도도 뼈만 남아 잎잎이 잔물지는 어귀에서

지느러미 잘린 흉터마다 툭툭 불거진 등뼈를 저녁의
굽은 손가락이 짚어내리고

저마다의 궁륭 속으로 털어넣는 한 잔씩의 바다

목구멍은 바다로 가는 유일한 길이다, 거기서 누런 이
의 파도가 치고 붉은 혀의 해일이 일고, 아득하게 넘어오

는 바람들

캄캄한 뱃속에서 아가미가 해감을 일으킬 때

둥근 술잔에 들이치는 형광등빛 하얀 눈보라

유리문이 씹다 만 겨울을 토해낼 때마다 서로를 치며,
신발은 제 몸을 뒤집기도 하였지만

마포 해궁막회에 앉은 슬픔은 한 번도 뒤집히지 않았다

먼지가 반짝이네

몇날,
먼지가 반짝이네

첩첩 덕유 산중 某里齋
사백년 전 동계 정온이 묵었다는
옛 민도리집에 올라
쩌럭, 정지문 밀고 들어서면

무쇠솥도 도망간 빈 아궁이는,
어둠의 곳간

천장엔 부서진 기와
구멍난 틈으로, 떨어져내리는
한줄 빛이여

도적이 지주의 배에 꿰어놓은 대창처럼
일순, 나락가마를 찍고 가는 조선낫처럼

그 서늘한
꽂힘 중에,

단단한 알 설움이 어룽거리는 것처럼
흩어진 숨의 낱알이 반짝이는 것처럼

어딜 가나 정처없는
某處 모리에
하필 먼지여, 여기서 들켜
아픈 봄을 건너나

잊은 먼 곳,
캄캄한 몸속에서
애달프게 꺼내놓은
배고픈, 아이의
눈빛

나비

    건넛집 마당에 자란 감나무 그림자가 골목 가득 촘촘
히 거미줄을 치고 있다

    허공에서 저 검은 실을 뽑은 이는 달빛인데
    겨울밤 낙엽 우는 외진 뒷길에 누구를 매달려는 숨죽
인 고요 기다림인가

    섶 기운 보따리로 홀아비 자식을 다니러 오는 다 늙은
어미를 노리나
    끈 풀린 안전화로 이국의 달력을 찢으러 오는 낯 붉은
사내를 벼리나

    건넛집 담에 박힌 소주병 파란 사금파리가 달빛의 낯
을 그어 먼 북국에서부터 바람은 차고

    달빛이 쳐놓은 허공의 바닥에 오늘은 누구의 울음이
달려 나비처럼 파닥일까

경비원 정씨

그는 말뚝에 앉아 고삐
끝에 힘을 준다
이쪽 동에서 저쪽 동으로
푸른 잎은 몸을 뉘고
고삐를 따라 지어진 우리들
고삐를 감고 서서
창 너머 젖은 가죽을 넌다
색색으로 펄럭이는
무사의 증거들 해가 뜨면
우리를 나서 해가 지면
돌아오는 등 굽은 가죽을 헤느라
손가락은 휘어졌으나
죽는 만큼 태어나는 가축과
비는 족족 채워지는 우리와
모든 사육보다 비싸게 치는
사육장이 있는 한
울타리는 튼튼할 것이다

이쪽 동에서 저쪽 동으로
푸른 잎들은 몸을 뉘지만
한번도 가축의 등에
채찍을 얹지 않았다 사육하는 일의
고달픔보다 사육당하는 일의
즐거움을 믿는 가축들의
아름다운 신앙을 위하여
낡아가는 우리를 가꿀 뿐 어제는
물통을 청소하고 오늘은
배설구를 씻는다 가축은
정갈해야 하므로 내일은
쥐똥나무를 전지하고 모레는
짜기철망을 손질한다 가축은
안전해야 하므로
정해진 시간마다
상한 데는 없는지 손전등을 들고
고삐를 훑으러 간다 층층의

우리마다 가죽은 마르고
이쪽 동에서 저쪽 동으로
푸른 잎은 몸을 뉘고 말뚝에 앉은
그는 고삐 끝에 힘을 준다

봄산

뿌리로 흙을 움켜쥐고
일제히 날개를 펴는

나무들

산을 달고 가려 한다

산새들
조객처럼 산으로 들고

구름들 제문처럼 산을 흐르고

제향처럼 흘러 오르는
물소리

속

태양의 발인과
우주로의 하관

만발하는 꽃이여
상여의 장식이여

저 산이 세상을 버리려

안간힘으로 나무를 키운다

해의 장지

어느 별에서 쏘아내린 화살인가, 적송은
땅속에 날카로운 뿌리를 꽂고

어떤 죽음이 흘려보낸 핏물인가, 석양은
흙의 정수리에서 쏟아지는 서쪽

누구의 걸음으로 펄떡이는 심장인가, 나는

적송 한 그루
박혀
저무는
석양,
아래

새가 서쪽을 물고 간다

그림자를 버리려

더 큰
그림자
속으로
뛰어드는,
새들

묻혀서도 세상을 지게 하는
사람의 장례식

사랑은, 비로소
귀멀어
죽은 자의
심장소리를
듣는 것, 눈
머는 것

제4부

投石

갈이 밭 소 밟힌 거름 부리다 땀 말리는 짬에 반 아름
감나무 둥치에 기대 올려다보면, 빈 나뭇가지는

금으로 번져나간
허공의 틈

그 끝, 실금처럼 자라
짱짱한 하늘
부수고 있는 것

누가 던진 돌인가, 나무는

아슬한 거기
피 데우며
우는 새

(내 밟은 마음 부리면 반이나 거름을 쓸까 캄캄한 뿌리
타고 저 끝까지 번져 와장창, 이 생 박살낼 수 있을까)

나비는 나비에게로 가

거미줄은 나비의 몸이다 거미 뱃속을 통과한 나비가 허공에 그려놓은 날갯짓이다 나비가 거미에게 선물한 허공이다 먹혀서 내어주는 밥그릇이다 나비가 나비를 불러 파닥이는 허공의 지진을 끄덕끄덕 바람이 허락한다 허기의 바닥을 파보면 돌멩이처럼 그리움이 받친다는 것을 쨍쨍 부딪침으로 전하는 햇빛 거미와 거미줄 사이에 나비의 생이 있다 거미의 몸을 지나 거미줄로 서서 거미 이전의 자신을 부르는 것 그것이 어머니가 아버지를 닮은 형을 미워하는 사연이며 내게는 사랑이 매번 얼굴을 바꿔달고 오는 이유이다 나비는 나비에게로 가 세상을 흔든다 흔들려 非情을 완성한다

대나무의 출가

산의 턱을 깎아 앉은 집 뒤안엔 돌담 높이로 대밭이 섰다 이따금 얽은 틈으로 대뿌리 섬뜩하여 헐떡이며 달아나왔다

한 해 비에 질려 한 축이 무너지자 사방 엉긴 대뿌리가 뱀굴처럼 앉았는 게 비쳤다,
수직을 갖기 위해 헝클어진 대뿌리들!

할아버지처럼 대곰방대가 갖고 싶다며 톱을 들던 형은 할아버지가 대밭 구릉에서 파냈다는 구들을 지고 사흘을 누웠다

곧게 서기 위해 잠시 헝클어져 있는 거라며

어머니는 뒷간 지붕의 물을 받아 형의 입에 칼을 물렸고 나는 문지방에 괸 형의 목이 대처럼 마디져 있는 것을 보았다

한 가지 내고 반대편에 한 가지를 더 내는 대나무,
  형은 헐렁한 가방 양손 댓잎처럼 흔들며 삽짝을 나섰
다 대는 제 몸에 단풍을 달지 않고

 그 몇해, 대밭이 눈을 받고 다시 터는 사이 나에게도 땀
에 젖는 밤이 잦았다 캄캄한 땅속을 헤치느라 헝클어진
뿌리를 다 만졌다

 톱날 먹은 대는 이듬해부터 색을 버렸다,
  까마귀는 죽은 나무에 앉지 않으나 대나무는 죽어서도
그 자리 십년을 더 서 있다

무지개를 보았다

　그녀의 얼굴에서 구름이 피어올랐다 심연은, 마음이
파놓은 깊이만큼 허공을 거느린다 눈빛의 수면에서
　찰랑이는 몸의 연못

　가슴가 키워온 물풀들이 물위에 가는 목을 적시고 이
따금 젖은 고백이
　소금쟁이처럼 연한 발을 내릴 때

　그 마음의 장력,

　그녀의 얼굴에서 구름이 피어올랐다 눈빛이 고이는 곳
은 높은 곳이고 별빛이 고이는 곳은 낮은 곳이고

　높음도 낮음도 없는 구름이고

　물과 물 아닌 것을 섞으며 비가 내린다 수술톱처럼 허
공과

허공 아닌 것을 지나간다 마음과 마음 아닌 것을 잘라
낸다

　그 영혼의 장력,

　얼굴은 운명이 아프게 부조해놓은
　생애의 암시였으니 몸의 연못에서 심연의 깊이까지 눈
물이 흘러내린 길에서

　운명이 절며 가는 길까지, 그 주름진 경계까지 아득히
얼굴의 곡선을 긋는

　나는 무지개를 보았다

처연한 저녁

가을 감나무는 한 주먹씩 노을을 쥐고 있다 그 아래 누
우면

가지 사이사이로 조각조각 비치는,

감나무에 걸터앉아 하늘은 무슨 생각을 하였던 것일까
고구마 캐던 어머니가 그 자리
고구마순 깔고 앉아 땀을 식히듯

문득 일어나는 어머니 뒤에 고구마잎 몇장 붙어가듯

서쪽으로 걸어간 하늘 그 엉덩이에 남은, 붉은 노을을

어머니 대바구니 가득 고구마 이고 돌아오는 발목에,
알 박인 어둠
어둠이 넝쿨째 딸려와

감나무 흰한 가지에 척 걸쳐지는 모양을

물 빠진 냇가 나뭇가지가 떠내려온 잡풀을 휘감고 있
는 것처럼

그 물에 낙엽 한 장 떠 붉게 흘러가는 것처럼

그 봄, 아무 일 없었던 듯

여섯살 봄이던가 동무 몇 어울려 참꽃 따다 돌아온 아슴한 기억의 저 어린 봄 삽짝부터 수선스런 우리 집 북적이는 마당에 드는 나를 새미걸 아지매가 붙들어 세웠네 영문도 모르게 남정들 버텨선 아버지 오른손에 조선낫 퍼런 날이 서서 내 지길 끼다 뻘건 핏발 목을 타고 확 지길 끼다 내치는 고함 아픈 말미에 감겨 어머니 뒤안을 지나 이래는 몬 산다 건넛집 싸리울 지나 내 몬 산다 물 젖은 가마처럼 아낙들 손에 어디론가 이끌리고

검게 탄 재무딤 겹겹이 덧칠된 밤 잠 많은 나 웬일로 십촉 전구 흔들리는 마루에 휑한 달빛 보고 앉았는데 스르르 안방문이 열리고 아버지 암말 말고 드가 자거라 어깨에 검은 가방을 메고 드가 자거라 마루 밑 깊이 가죽구둘 꺼내시며 아부지 아부지 암것도 모르는 내가 다시 못 볼일을 미리 알고 울먹울먹 불러보지만 소리는 되어 나오지 않고 넓은 등 달빛에 섞으며 삽짝 너머 어둠 너머 아득한 봄밤 너머 덩그런 달빛에 물만 차올라

잠든 기억도 없이 아침 문살볕에 부은 눈 떠 부스스 울

먹한 가슴으로 방문을 밀쳤을 때 여느 때처럼 형들은 책
보를 챙기고 연기 뿌연 정지문 사이로 어머니 뚝딱뚝딱
끼니를 장만하고 장딴지 묻은 흙으로 논물 잡고 오는 아
버지 괭이를 메고 아무 일 없었다는 듯 어제가 꿈만 같이
평화로운 그 아침, 마치 아무 일도 없었던 듯한 풍경이
갑자기 훅 무서움으로 밀어닥쳤다 볕 드는 문앞에 물끄
러미 나는 처음으로 뭔지도 모르는 삶을 끔찍하게 바라
보았다

밤나무 위에서 잠을 자다

오래된 밤나무를 패서 때던 저녁이 있었다

태풍이 핥고 간 밭가에서 바람의 혀를 물고 마르는 데
꼬박 일년이 걸렸다

두발 지게에 실려 밤나무가 나뭇간을 덮던 날

그 저녁 네칸집은 삼백일장 나무의 상여였다
취한 별들이 지붕에 문상객처럼 둘러앉았다

캄캄한 방고래를 지나며 나무는 제 둥치의 모양을 마
지막 연기로 그려보고 있었다

밥물이 밤꽃처럼 흘러넘치는 저녁이 있었다

저녁에

사선으로 떨어지는 저녁, 옆구리에 볕의 장대를 걸치고
새가 운다

저녁 하늘은, 어둠이 갇힌 볕의 철창

저녁, 새소리는

허공에 무수히 매달린 자물통을 따느라
열쇠꾸러미 짤랑대는 소리

저녁 감나무에, 장대높이로 넘어가는 달

날아오르나, 새

꿍, 고요가 무릎을 편다, 빈 논바닥

펄럭여 날지 못하고 가슴에 흙을 묻힌 짚불들에, 연기
의 몸을 주는 저 노인
속탈의 불꽃을 선물하는 아버지

한 필, 광목 같은 연기에 슬쩍 목숨을 묶어놓았나

몇점 몸속의 불꽃을 살려 뒷모습을 토해놓는다
일몰이 굽은 손 뻗어 건너편 산의 이마를 짚을 때

그 손바닥, 붉게 달군 손금들이 능선으로 마을을 건너
가고, 안녕하신가

산턱마다 무덤 무덤 무덤들, 시간이 디디고 간 발자
국들
무거운 등 일으켜 연기의 포승줄을 감는데

한때 어린 모였고 숙인 벼였고 날리는 짚불이었을

끄덕끄덕 연기에 몸을 주는, 아버지

햇살의 내장이 비치다

시위대 빠져나간 거리에 툭, 유인물 한 장 발에 차인다
사방 꽉 찬 도시에
　저리 환한 여백이라니!

　그러나 저 여백은 무언가
　들었다 빈 터

　오래전, 내가 허문 집의 흔적이
　봄볕을 받고 있다

　눈부신 사각마다 기둥을 세워 일생을 살리라던 때가,
키질하듯
　까만 활자를 허공에 털어낸다

　저 바닥을 파내보면, 언젠가
　마른 입에 물려주던 숟가락이, 마음보다 깊게 파던
　놋그릇이

선짓빛 녹을 달고 쏟아질 것 같다
두고 온 세간들이

고스란히 소반에 차려져 오를 것만 같다

저 여백 속으로 세상의 모든 집들을
이사시키고 싶었던 시절,

자주 앓아 환하던 몸이 꼬불꼬불한 마음의 내장을 비
춰내던 것처럼, 사각으로 쏟아지는 봄은

환하다 햇살의 내장이 다 비친다

볕은 눈 녹은 담장 아래 눈 녹인 볕

볕은 눈 녹은 담장 아래 눈 녹인 볕 아래 취한 듯 졸며
깨며 알 하나 낳는다면 곤한 몸 열어 따뜻한 알 하나 꺼
낸다면

매끈한 껍질 속에 버리고 온 마음 모두 담아 아련한 졸
음 깃털처럼 품는다면 화사한 뒤뜰 버려진 마음처럼 품
는다면

따사한 한낮 비로소 붉게 여문 부리 맨가슴 콕콕 쫄 때

볕은 눈 녹은 담장 아래 눈 녹인 볕 아래 한 시절 선잠
으로 툴툴 일어나 봄 너머 도무지도 모르는 마을로 떠난
다면

강화도, 석양

이태 만에
강화 갯벌에
서본다
물결 가까이에서 날아올랐을 새의 발자국이 외롭게
찍혀
바다로 간다

다 지난 흔적을 물고 놓지 않는 갯벌!

붉은 석양이 그 발자국을 딛고 간다

이제 모든 것을 용서할 수 있다

말의 퇴적층

내가 뱉은 말이
바닥에 흥건했다 누구의 귓속으로도
빨려들지 못했다 무언가 지나가면
반죽처럼 갈라져 사방벽에 파문을 새겼다
누구도 내 말을 몸속에 담아가려 하지 않았다
모두가 문을 닫고 사라졌으며
아무도 다시 들지 않았다 결국 나는
빈 방에서 혼잣말을 시작했다
뱉은 말은 바닥에서부터 차올랐고
이내 키를 넘었다 그때부터
나는 걷기를 포기했다 길고 부드러운 혀로
말의 반죽 속을 헤엄쳤다 와중에도
쉴새없이 말을 뱉었고 뱉을수록 한가득
된반죽처럼 빽빽해졌다
더러 문틈으로 바람이 불고 해가 비쳐
반죽은 딱딱하게 굳어갔다 나는 점점
움직이기 힘들었고 마침내

꼼짝할 수 없었다 말들이 마저
다 마르자 나는
풍문같이 화석이 되었다 손가락을 꼼지락거리던
마지막 순간 그 우연한 자세가
영원한 나의 육체였다
몇만년 후 지질학자는
말의 퇴적층에서 혀의 종족을 발견할 것이다
나는 멸망한 시인을 증명할 것이다

■
해설

바람의 뼈마디, 말의 허기

유성호

1

　신용목의 첫 시집 『그 바람을 다 걸어야 한다』(2004)를
읽어가노라면, '바람'의 흐름과 '햇살'의 온기를 줄곧 만나
게 된다. 또한 바람과 햇살 사이에 견고한 물질로 박혀 있
는 여러 '뼈'의 형상과 번번이 마주치게 된다. 그는 '바람'
속에서 흔들리는 것들을 쓰다듬고, 어둠속을 환히 밝히는
'햇살'을 온몸으로 받아들이고, 시간의 은유인 '뼈마디'를
매만지느라 시를 쓰는 것처럼 보였다. 그래서인지 그의
시편에는, 동년배 시인들이 편재적(遍在的)으로 보여주는

대중문화적 감염이나 독서체험의 사후 번안 같은 게 전혀 없다. 선험적인 죽음의식 과잉이나 보기 민망한 나르씨스의 모습도 거의 나타나지 않는다. 그만큼 그의 시편들은 애초부터 위반이니 전복이니 하는 흐름과 현저하게 구별되는 세계를 보여주었다.

그래서 그는 서정시의 오랜 본령인 경험적 실감, 성장과정에서 빚어진 상처와 내적 어둠을 매우 예민하게 들려주는 데 골몰했다. 또한 우리 시대의 외곽 혹은 주변의 타자들로 시선을 돌려 그들의 삶을 관찰하고 복원하는 데 공력을 기울이기도 했다. 등단작 「성내동 옷수선집 유리문 안쪽」(2000) 이래로, 자신의 젊은 날의 흔들림에 관한 뼈아픈 기억뿐 아니라, 동시대 사람들의 어두운 삶의 폐부까지 섬세하게 되살려내고 있었다. 이처럼 자신과 이웃들의 상처의 내력을 되불러오고 그것을 심미적 비애로 견뎌내려 했던 그의 첫 시집은, 밀도있는 '기억'으로의 회귀와 그것을 인간존재 형식에 대한 '성찰'로 연결하고자 하는 시적 욕망을 견고하게 결합한 사례로 기록할 만한 것이었다.

2

　신용목의 두번째 시집인 『바람의 백만번째 어금니』는, 이러한 첫 시집의 세계와 날카로운 단층(斷層)을 보이기보다는 그것의 충실한 연장선상에서 부드럽고 미세한 변이를 보여준다. '새'의 형상이 점증(漸增)했을 뿐, 시집 곳곳에서 펄럭이는 '바람'이나 '햇살' '구름' '뼈'의 이미지는 고스란히 첫 시집의 계보를 잇고 있다. '바람'의 유동성과 부드러움, '뼈'의 고정성과 견고함은 이번 시집에서도 절묘하게 한몸으로 결속하면서 시인의 경험과 기억을 표상하는 데 기여한다. 첫 시집에서 '뼈/발가락뼈/등뼈/뼛가루/이빨/뼈모래/뼈마디/잔뼈' 등의 다양한 기표로 나타났던 '뼈' 계열 이미지들은, '어금니'로 변형되어 이번 시집 안에서 두 번 육체를 드러낸다. 바람 속에 박혀 허공을 꽉 깨무는 '바람의 어금니'가 그것이다.

　　새의 둥지에는 지붕이 없다
　　죽지에 부리를 묻고
　　폭우를 받아내는 고독, 젖었다 마르는 깃털의 고요가
　　날개를 키웠으리라 그리고

순간은 운명을 업고 온다
도심 복판,
느닷없이 솟구쳐오르는 검은 봉지를
꽉 물고 놓지 않는
바람의 위턱과 아래턱,
풍치의 자국으로 박힌

공중의 검은 과녁, 중심은 어디에나 열려 있다

둥지를 휘감아도는 회오리
고독이 뿔처럼 여물었으니

하늘을 향한 단 한 번의 일격을 노리는 것

새들이 급소를 찾아 빙빙 돈다

환한 공중의, 캄캄한 숨통을 보여다오! 바람의 어금니
를 지나
그곳을 가격할 수 있다면

일생을 사지 잘린 뿔처럼

나아가는 데 바쳐도 좋아라,
그러니 죽음이여
운명을 방생하라

하늘에 등을 대고 잠드는 짐승, 고독은 하늘이 무덤이
다, 느닷없는 검은 봉지가 공중에 묘혈을 파듯
그곳에 가기 위하여

새는 지붕을 이지 않는다　　　　—「새들의 페루」 전문

우리의 기억 속에는 프랑스 작가 로맹 가리의 단편 「새
들은 페루에 가서 죽다」가 웅크리고 있다. 바다와 모래언
덕, 모래 위에 죽어 있거나 아직은 살아 퍼덕이는 새들, 배
한 척과 녹슨 그물의 건조한 묘사를 곁들인 이 단편은 왜
섬을 떠나 바닷가에 와서 새들이 죽어가는지를 들려주지
는 않는다. 다만 운명의 끝처럼 은유되는 페루의 바닷가
에 와서 새들은 자신의 육신을 소멸시키고 있을 뿐이다.
그곳은 모든 희망을 잃은 자들이 모여드는 장소이고 사랑
과 고독이 모두 끝나는 장소이다. 또한 모든 존재의 궁극
적 귀환이 이루어지는 장소이다. 그 '새들의 페루'가 이번
시집 첫머리에서 시적으로 변용되고 있다.

새들은 자신의 '무덤(묘혈)'인 페루에 가기 위해 지붕 없는 '둥지'를 허공에 인다. 여기서 '무덤/둥지'는 비록 '죽음/삶'의 대칭적 이미지를 거느리지만, 결국 새의 운명을 양쪽에서 떠메고 있는 두 공간일 뿐이다. 일찍이 하늘을 나는 새떼를 원경(遠景)으로 바라보면서 "바람의 잔뼈"(첫 시집 「뒤표지글」)로 비유한 바 있는 시인은, 짙은 고독과 고요 속에 웅크리고 있는 공중을, 검은 과녁을 물고 놓지 않는 '바람의 어금니'로 표현한다. 그 캄캄한 '바람의 어금니'를 지나 죽음과 마주서고 있는 새들의 생애를 통해, 견고한 고독과 고요 속에서 죽음과 운명을 떠메고 가는 이의 형상을 은유적으로 보여준다. 첫 시집의 세계가 담고 있는 경험적 실감보다는, 스케일과 주제의식에서 그 편폭을 넓히고 있는 과정적 사례로 읽을 만하다.

그렇듯 '새들의 페루'는 하늘(공중)에 있었다. 다른 시편에서 "높이가 잃어버린 중력을 햇살로 받쳐놓은 저곳"(「새들이 지나갔는지 마당이 어지러웠다」)이라고 묘사된, '둥지'이자 '무덤'인 그 '하늘(공중)'에서 새들은 등을 대고 잠들기도 하고 "허공에 무수히 매달린 자물통을 따느라/열쇠꾸러미 짤랑대는 소리"(「저녁에」)를 내기도 하고 "그림자를 버리려/더 큰/그림자/속으로"(「해의 장지」) 뛰어들기도 하는 것이다.

나는 천년을 묵었다 그러나 여우의 아홉 꼬리도 이무기의 검은 날개도 달지 못했다
　천년의 혀는 돌이 되었다 그러므로

　塔을 말하는 일은 塔을 세우는 일보다 딱딱하다

　다만 돌 속을 헤엄치는 물고기
　비린 지느러미가 캄캄한 탑신을 돌아 젖은 아가미 치통처럼 끔뻑일 때

　숨은 별밭을 지나며 바람은 묵은 이빨을 쏟아내린다
　잠시 구름을 입었다 벗은 것처럼
　허공의 연못인 塔의 골짜기

　대가 자랐다 바람의 이빨자국이다
　새가 앉았다 바람의 이빨자국이다

　천년은 가지 않고 묵는 것이니 옛 명부전 해 비치는
　초석 이마가 물속인 듯 어른거릴 때
　목탁의 둥근 입질로 저무는 저녁을

한 번의 부름으로 어둡고 싶었으나
중의 목청은 남지 않았다 염불은 돌의 어장에 뿌려지
는 유일한 사료이므로

치통 속에는 물을 잃은 물고기가 파닥인다

허공을 쳐 연못을 판 塔의 골짜기
나는 바람의 백만번째 어금니에 물려 있다 천년의 꼬
리로 휘어지고 천년의 날개로 무너진다
                              ―「바람의 백만번째 어금니」 전문

이제는 그의 대표작이 되어버린 첫 시집의 「갈대 등본」
에는 "바람에도 지층이 있다면 그들의 화석에는 저녁만이
남을 것이다"라는 표현이 있다. 거기서 우리는 '바람의 지
층'을 몸속의 뼈로 두고 살아오신 아버지에 대한 시인의
선연한 기억을 경험했다. 위의 시편은 그러한 경험적 국
면보다 훨씬 더 지경을 확장하여, '바람의 지층'을 근원적
차원으로 밀고 나간 결과이다.
   천년을 묵었지만('가는' 게 아니라 '묵는' 것!) 날개도 꼬
리도 갖지 못하고 돌 속을 헤엄치는 물고기가 되어버린

'천년의 혀'는, 바람이 묵은 이빨들을 쏟아내고 곳곳에 이빨자국을 남기며 "허공의 연못"을 파는 장면을 상상한다. 그렇게 이 시편은 물을 잃은 물고기처럼 '바람의 어금니'에 물려 휘어지고 무너지는 상황을 상상적으로 보여준다. 「새들의 페루」에서 '바람의 어금니'를 지나 공중의 캄캄한 과녁을 응시했던 새의 형상은, 여기서 물고기로 바뀌어 바람의 이빨자국이 선명한 캄캄한 탑신을 바라보고 있다. 이러한 상상력은 시인으로 하여금 "밤의 입천장에 박힌 잔 이빨들"(「별」)에 아름다운 '罪'를 정화하는 장면을 끌어오고 "바람의 뼈를 받은 새들이 불의 새장에서 날개를 펴는 시간"(「가을비」)을 상상하게 하기도 한다. 일찍이 "뼈마디 붉도록 달아본 적"(「권태로운 육체」)이 없었다고 자신을 성찰할 때의 그 '뼈마디' 역시, 죽음과 무너짐과 근원적 열정을 모두 매개하는 '바람의 지층'이었던 것이다.

3

이번 시집에서도 시인의 시선은 여전히 삶의 실감으로 존재하는 이들을 향하고 있다. 철제 뗏목을 타고 사냥꾼이 되어 피로한 도시를 종횡으로 살아가는 구두수선공의 일상을 우화적으로 재현하고 있는 「허봉수 서울 표류기」
라든가, 궁동의 버스종점쯤에서 이국의 노동자들이 모여
"목숨의 감옥에서 그리움이 긁어내리는 허공의 손톱자
국"인 비를 맞으며 서 있는 풍경을 보여준 「붉은 얼굴로 국
수를 말다」, 사육당하는 일의 즐거움을 믿는 가축들의 아
름다운 신앙을 위해 낡아가는 우리를 가꾸고 있는 경비원
의 생태를 다룬 「경비원 정씨」 등이 이러한 리얼리티를 그
의 시세계에 지속적으로 부가한다. 이는 신용목 시학의
중추로서 전혀 변함이 없다. 그것이 구체적인 생활적 가
난보다는 한결 근원적 차원의 '허기'로 현저하게 향하고
있다는 것이 다를 뿐이다.

어둠의 거푸집을 비집고 나온 붉은 주물들

새벽이다, 가을의 터진 속살에 연못을 건 숲의 아궁이
팔을 저을 때마다 붉은 반죽을 떼며

나무는 말간 물 앞을 서성인다 먹고 싶었을 뿐이야,
허기 속에서만 그리운

어떤 기다림이 먼 숲까지 거닐어 서늘한 저 솥을 걸었

나요 이 빠진 세월의 둥근 결 위로
　거품처럼 떠다니는 잎들,

　온 밤 타버린 돌멩이들은 낙엽처럼 흩날리고 만다는
것을

　부글거리는 하늘에 꽂힌 나무여 출렁이며, 불길의 연
한 춤을 추는데
　어떤 기다림이 예까지 번져와

　세월의 반죽을 붉게 하나요 하루 낮을 다 살면 캄캄한
돌덩이로 돌아가고 말
　허기를 짚고, 어머니

　어느 가지를 꺾어 저 끓는 솥을 저을까요
　　　　　　　　　　　　　　　　──「붉은 솥」 전문

이 시편에서 새벽의 풍경은, 어둠의 거푸집을 비집고 나온
붉은 주물인 햇살로 시작된다. 숲의 아궁이에는 "허기 속
에서만 그리운∥어떤 기다림이 먼 숲까지 거닐어 서늘한
저 솥을" 걸어놓았다. 그 허기에 길들여진 기다림이 번져

와서 "세월의 반죽"을 붙게 하고, 숲의 식술들인 나무와 잎들과 돌멩이들은 서성이고 떠다니고 흩날린다. 이렇게 하루가 지나면 "캄캄한 돌덩이로 돌아가고 말/허기"는 '붉은 솥'에 담긴 '세월의 반죽'을 다 먹어치워도 결국 해소되지 않을 것이다.

이러한 '허기'는 이번 시집에서 "허기의 크기만큼"(「허봉수 서울 표류기」) 살아가는 이들, "허기가 허연 김의 몸을 입고 피어오르는"(「붉은 얼굴로 국수를 말다」) 풍경, "빳빳한 허기"(「붉새」), "개밥그릇에 반짝이는 허기"(「바람은 개를 기르지 않는다」), 취기로 타는 몸들이 하나씩 던지는 "환한 허기"(「바람의 무덤」) 등으로 무수히 변주되어 나타난다. 결국 이 모든 것은 "허기의 바닥을 파보면 돌멩이처럼 그리움이 받친다는 것"(「나비는 나비에게로 가」)을 증언하는 사례들이고, 이때 지속적으로 몸을 바꾸며 나타나는 '허기'는 궁극적으로 채워지지 않는 미완의 생의 형식을 은유하고 있다.

그런데 이러한 '허기'는 다시 한번 몸을 바꾸어 시인의 자의식이랄 수 있는 '언어(말)의 허기'로 이어지기도 한다. 이번 시집은 첫 시집보다 한결 안개 지수(指數)가 높아져 의미론적 불투명성이 한층 제고되어 있다. 이는 언어의 투명함이나 기억의 선명함이 갖는 불충분성을 시인이 의

식했기 때문일 것이다. 그렇다고 그의 시편들이 자폐 구조를 동반한 난해성으로 떨어지지 않는 것은, 이러한 자의식에도 불구하고 여전히 "얼굴에 떠오르는 얼굴의 잔상과 얼굴에 남은 얼굴의 그림자, 얼굴에 잠긴 얼굴과 얼굴에 겹쳐지는 얼굴들/얼굴의 바닥인 마음과 얼굴의 바깥인 기억"(「붉은 얼굴로 국수를 말다」)의 균형을 절묘하게도 다채로운 사물의 표면으로 불러들이고 있기 때문이다. 그래서 그의 시는 구체적인 동시에 원형적 속성을 띤다.

찔레가시에 찔려도 찔레꽃 한 송이 피지 않는다, 몸은

묵은 장을 가둔 단지처럼
오래 마음을 가두어 강 앞에 서게 한다

흐르지 마라
해가 저문다

석양이 유약을 발라 금빛 강물에 마음을 굽는다

던져진 어둠 한 단에 손을 묶여
뒷걸음질 호송되는 산과 나무들,

멀쩡히 멎은 몸은 금 간 흐름이었다

물 건너 찔레꽃 하얀 꽃잎이 소복처럼 저녁을 다 울
어도

목쉰 줄배 한 척 띄우지 못한다
──「섬진강에 말을 묻다」 전문

시인은 오랫동안 마음을 가두어둔 몸으로 강 앞에 서 있
다. 해가 저무는 강가에는 석양이 유약을 발라 금빛 강물
에 마음을 굽고, 그 번져오는 어둠에 밀려 산과 나무들이
뒤로 물러서고 있다. 그것을 "던져진 어둠 한 단에 손을
묶여/뒷걸음질 호송되는 산과 나무들"이라고 표현한 시
인의 마음의 결이 이채롭게 심미적으로 번져온다. 그런데
금 간 흐름으로 존재하는 '몸'은, 저녁이 깊어가는 순간에
도 '목쉰 줄배 한 척' 띄우지 못하고 있다. 여기서 '목쉰 줄
배 한 척'을 '시 한 줄'로 은유해도 되지 않을까? 순간 제목
에 나오는 '말을 묻다'로 시는 확연히 번져간다. '묻는' 행
위는 당연히 '묻다〔埋〕'겠지만 '묻다〔問〕'의 속성도 포함하
고 있다. "가닥 없는 그리움이 우리를 예까지 이끈 것처

럼"(「겨울 부석사」) 섬진강에 와서, 시인은 풍경의 비언어성과 시 혹은 말이 가지는 궁극의 허기를 "어떤 기다림이 예까지 번져와"(「붉은 솥」) 있는 것으로만 표현하고 있을 뿐이다.

그래서 그의 시편에서 아름답게 각양의 모습을 흩뿌리고 있는 풍경들은 건조한 사물이 아니고 그 스스로 '언어'로 빛난다. 물론 이러한 자의식이 그의 시편에 잠언적 경구를 증가시키는 원인으로 작동하기도 한다. "발자국은 그런 것—풍경을/지상에 걸었던 자국"(「스타킹」), "저녁 하늘은, 어둠이 간힌 볕의 철창"(「저녁에」), "사랑은, 비로소/귀멀어/죽은 자의/심장소리를/듣는 것, 눈/머는 것"(「해의 장지」) "빈 나뭇가지는//금으로 번져나간/허공의 틈"(「投石」) 같은 절묘한 'A=B'의 은유적 표현들은, 사물의 속성을 시인의 해석과 겹쳐놓으려는 욕망을 반영하고 있다. "달빛이 쳐놓은 허공의 바닥에 오늘은 누구의 울음이 달려 나비처럼 파닥일까"(「나비」) 같은 묘사 역시 재현이 아니고 마음의 결을 투사한 결과이다. 이러한 '말'에 대한 이중의 자의식, 곧 궁극적 허기로 남을 수밖에 없는 충족 불가능성과 심미적 축약을 욕망하는 사물의 언어화 가능성을 시인은 거의 모든 작품에서 아름답게 보여준다.

내가 뱉은 말이

바닥에 흥건했다 누구의 귓속으로도

빨려들지 못했다 무언가 지나가면

반죽처럼 갈라져 사방벽에 파문을 새겼다

누구도 내 말을 몸속에 담아가려 하지 않았다

모두가 문을 닫고 사라졌으며

아무도 다시 들지 않았다 결국 나는

빈 방에서 혼잣말을 시작했다

뱉은 말은 바닥에서부터 차올랐고

이내 키를 넘었다 그때부터

나는 걷기를 포기했다 길고 부드러운 혀로

말의 반죽 속을 헤엄쳤다 와중에도

쉴새없이 말을 뱉었고 뱉을수록 한가득

된반죽처럼 빽빽해졌다

더러 문틈으로 바람이 불고 해가 비쳐

반죽은 딱딱하게 굳어갔다 나는 점점

움직이기 힘들었고 마침내

꼼짝할 수 없었다 말들이 마저

다 마르자 나는

풍문같이 화석이 되었다 손가락을 꼼지락거리던

마지막 순간 그 우연한 자세가

영원한 나의 육체였다
몇만년 후 지질학자는
말의 퇴적층에서 혀의 종족을 발견할 것이다
나는 멸망한 시인을 증명할 것이다

—「말의 퇴적층」 전문

누구의 귀도 울리지 못하는 말은 근원적인 '말씀'
(Words)에서 퇴행한 무의미한 '말'(words)의 집적일 뿐이
다. 갈라져서 벽에 파문을 새길 뿐인 그 '말'의 퇴적을, 이
제는 아무도 몸속에 기억하려 들지 않기 때문이다. 이 완
강한 불통(不通)의 이미지, 그리고 빈 방의 독백으로 물러
서는 퇴행의 흔적에도 불구하고, '시'는 바닥에서부터 차
올라 키를 넘어 지속된다. 하지만 그 '말'은 반죽으로 말라
"풍문같이 화석"이 되어버린다. 그 '화석'이야말로 '말'의
이중적 자의식을 선명하게 보여주는 형상일 것이다.

4

더 많은 시편들을 언급해도 좋았을 것이다. 무엇을 인용
해도 좋을 정도로 그의 시편들은 일정한 수준을 갖고 있기

때문이다. 그렇다면 이러한 주제의식의 심원함과 균질성을 견지하게 된 그의 시적 수원(水源)은 어디에 있을까.

그의 시편을 살펴보면 계절로는 '봄', 방향으로는 '서쪽'이 압도적으로 많이 나타난다. 한쪽이 생성이면 한쪽은 소멸일 것이다. 하지만 그는 '봄'을 희망으로, '서쪽'을 절망으로 결코 치환하지 않는다. '봄'은 부드럽고 아름답지만 생동감으로 충만하지 않으며, '서쪽'은 저물어가고 이울어가지만 부정적 이미지를 발산하지 않는다. 그 절묘한 균형이 신용목의 심성에는 선천적으로 담겨 있다. 그를 아는 사람은 알 테지만, 그의 맑고 투명한 눈빛은 여간 잘 들여다보지 않으면 보이지 않는 깊이가 있다. 그 깊이가 그로 하여금 낙관과 부정, 고백과 시치미, 서정과 아이러니, 자아와 타자, 기억과 희망 사이의 심연을 시적으로 충분히 오가면서 어느 한쪽으로 편향되지 않게 하는 원초적 힘이다.

이러한 역동적 균형을 한몸에 안고 있는 그의 모습을, 나는 그가 20대의 한복판을 보낸 저 20세기 끝자락의 한 남녘의 소도시에서 바라보았다. 지리산, 섬진강, 실상사, 화엄사의 기표로 채워진 그 시간 속에서 그는 오래도록 삶을 함께했던 이들을 떠나지 못하는 모습과 현실의 불합리성을 거절하는 단호한 모습을 동시에 몸의 기억으로 쌓아

올렸다. 그렇다고 그같은 결속과 균형이 그의 전부는 아니다. 그러한 합리적 외관 안쪽에 들어차 있는 "햇살을 뒤집어 물결을 치는 푸른 비늘을 좇아가면/바람의 발원에 닿을 수 있으리라"(「버드나무 어장」)는 근원추구의 욕망이 엄연히 있으니까 말이다. 그 '바람의 발원'에 가닿으려는 몸짓과 언어가 이번 시집에 넘쳐나고 있다.

이 모든 것이 그의 시가 되어 차곡차곡 쌓였다. '바람의 뼈마디'와 '말의 허기'를 통해, 성장기의 상처와 기억이 두 권의 시집으로 안착한 것이다. 이 시집들로 하여, 이제 그는 스스로 이름부르기 민망해했던 사람들과 그들에 얽힌 기억들을 떠나도 될 것이다. 선연하게 기억하되 그들을 다시 시의 표면으로 불러내지 않아도 될 것이다. 그러니 시인이여, '바람의 어금니'에 꽉 물린 채, 더 오래된 그리고 더 궁극적인 질서를 찾아가기를 바란다. 시집을 낼 적마다 문제적 담론으로 수렴되려는 욕망을 천연스레 보이는 여느 시인들과는 달리, 그대만의 경험과 지혜와 언어가 시간의 흐름에 따라 자연스럽게 축적되어가리라고 또한 믿는다.

柳成浩 | 문학평론가

■

시인의 말

　그사이, 추억은 세간을 버렸고 꿈은 두번째 이사를 했다. 다시는 가닿을 수 없는 곳. 언젠가는 밤새 건너야 할 그 여백이 나를 온통 채울 것이므로, 대를 쪼개 뗏목을 짓듯 지나간 주소를 적어둔다.

　아픔을 잃었을 때가 정작 마음이 병든 때라는 것을 말기가 되어서야 깨달았다. 더는 무엇에도 울지 않는 몸에 사랑은 왕진하듯 다녀갔다. 그때마다 하늘의 환한 구멍이 까맣게 새들을 삼키는 것을 보았다.

　늘 머물 곳이 마땅찮았던 노모 슬픔에 못 하나 파고 싶다. 그 위에 떠다니는 밤들. 슬픔이 하얀 독처럼 온전히 슬픔으로만 깊어지기를, 거울 속에서도 얼굴을 찾지 못해 바람은 마음을 절며 다녔다.

2007년 8월
신용목

창비시선 278

바람의 백만번째 어금니

초판 1쇄 발행 / 2007년 8월 6일
초판 11쇄 발행 / 2024년 8월 28일

지은이 / 신용목
펴낸이 / 염종선
책임편집 / 황혜숙
펴낸곳 / (주)창비
등록 / 1986년 8월 5일 제85호
주소 / 10881 경기도 파주시 회동길 184
전화 / 031-955-3333
팩시밀리 / 영업 031-955-3399 편집 031-955-3400
홈페이지 / www.changbi.com
전자우편 / lit@changbi.com

ⓒ 신용목 2007
ISBN 978-89-364-2278-3 03810

* 이 책은 한국문화예술위원회 2007년도 문예진흥기금을 받았습니다.